A MENINA LINDA

CIDINHA DA SILVA

A MENINA LINDA

E OUTRAS CRÔNICAS

oficina
raquel

© Cidinha da Silva, 2022
© Oficina Raquel, 2022

Editores
Raquel Menezes
Jorge Marques

Foto da capa
Débora Maçal, por Nana Prudêncio

Revisão
Oficina Raquel

Capa
Foresti Design

Diagramação e projeto gráfico
Paulo Vermelho

Dados internacionais de catalogação na publicação (CIP)

S586m Silva, Cidinha da, 1967-
    A menina linda e outras crônicas / Cidinha da Silva. – Rio de Janeiro : Oficina Raquel, 2022.
    140 p. ; 21 cm.

    ISBN 978-85-95000-75-9

    1. Crônicas brasileiras I. Título.

CDD B869.8
CDU 821.134.3(81)-32

Bibliotecária: Ana Paula Oliveira Jacques / CRB-7 6963

Mais que livros, diversidade

R. Santa Sofia, 274
Sala 22 - Tijuca, Rio de Janeiro - RJ, 20540-090
www.oficinaraquel.com
oficina@oficinaraquel.com
facebook.com/Editora-Oficina-Raquel

Sumário

A MENINA LINDA E OUTRAS CRÔNICAS QUE NÃO ENVELHECEM   9

A MENINA LINDA   23

CENAS DA COLÔNIA AFRICANA EM PORTO ALEGRE – AS LAVADEIRAS   27

UMA HISTORINHA DE SÃO JOÃO   33

BALOTELLI, REI DE IRÊ   37

HISTÓRIAS DA VÓ DITA   41

A COLEÇÃO DE DICIONÁRIOS DE CAPA DURA NA ESTANTE   49

HONORIS CAUSA   55

GUERREIROS   59

CENAS DA COLÔNIA AFRICANA EM PORTO ALEGRE – O CARNAVAL   61

E FOI POR ELA QUE O GALO COCOROCÔ   67

ELIANA SONHA EM SER ALICE   71

CARIOCAS DO BREJO   75

ESPÓLIO   79

CARNES FRESCAS E AFINS   83

O CASO DA ESCRITORA QUE ESPIONOU EMANOEL ARAÚJO   89

ME ORIENTE, RAPAZ!   95

A OCUPAÇÃO DAS ESCOLAS EM SP VIRA DOCUMENTÁRIO   99

O CABELO DOS MENINOS PRETOS   103

FIZ MINHAS VELAS AO MAR   109

A VIDA POR UM TELEFONEMA   113

O SANTO   117

O NOVO NORMAL   121

COMO O *JAZZ*!   125

VIDA DE CONDUTOR   127

VIDA DE MARISCO   131

O FUNDO DO FIM   133

O TEMPO   137

Este livro é de uma filha de Ogum amada e de outro amigo ogúnico, também muito querido, Sueli Carneiro e Ricardo Aleixo. Ela, porque completou 70 idades, ele, 60, nesse ano da graça da pandemia de Covid-19. Desejo vida longa, próspera e saudável a ambos.

A MENINA LINDA E OUTRAS CRÔNICAS QUE NÃO ENVELHECEM

Prefácio

Desde o início dos anos 2000 acompanho Cidinha da Silva e a entrada dos seus livros nas escolas, nas bibliotecas, nas livrarias, nos eventos literários, nas estantes pessoais de leitores e leitoras de todas as idades. Tenho constatado, também, o sucesso da autora entre os/as mais jovens: *Os nove pentes d' África* (2009) selecionado para o Programa Nacional do Livro e do Material Didático (PNLD Literário, 2018) e *Oh, margem! Reinventa os rios!* (2020), publicado pela Oficina Raquel e também escolhido para o PNLD Literário (2021), confirmam minha observação. Era de se esperar que uma das maiores cronistas contemporâneas do Brasil fizesse um livro de crônicas pensado especialmente para esse público. Eu aguardava esse momento desde a leitura de *Cada Tridente em seu lugar* (2006).

Minha trajetória e a de Cidinha da Silva se cruzaram no final de 1999, como ativistas e pesquisadoras das pautas antirracistas na Educação, antes de ela enveredar pela escrita literária. Naquele tempo, eu não poderia supor que a literatura e as bibliotecas comunitárias chegariam em minha vida para ficar. Cidinha, porém, sabia que seu lugar era na literatura. Enquanto escrevo, olho para a minha coleção completa: são 19 livros!

Sua obra é necessária para se ter, ler, emprestar, presentear. Os meus livros autografados "Para a Belzíssima" pavimentam o caminho da nossa amizade, e também, do meu processo como leitora e (trans)formadora de jovens leitores(as). Daí deve ter partido o convite para que eu prefaciasse essa publicação, o que me honra e me alegra muito.

Embora eu tenha maturidade para conter o desejo de encontrar o que há de biográfico em cada obra literária ficcional, as palavras cuidadosamente escolhidas, as metáforas, as referências para contar desde miudezas a tragédias cotidianas fizeram-me conhecer e admirar a escritora que vi nascer de mãos dadas com a amiga.

Reservada, "antenada", mais tímida que extrovertida, dona de discreto e refinado humor, a escritora Cidinha da Silva brinca pouco em serviço. Leva seu ofício a sério. Diz ela que sou muito "engraçadinha"; na verdade usa a expressão "deixa de ser besta, menina" sempre que dou uma resposta rápida e espirituosa a situações que poderiam ser dramáticas, quando brinco com questões afeitas à religiosidade ou quando me desmancho em gargalhadas com seus relatos, nos raros momentos de leveza que nos presenteamos. Ah! Se ela me visse lendo algumas de suas crônicas, como *Carioca do brejo*, e cantando ao final "Acontece que eu sou baiana (ou quase) e acontece que ela não é"?! Diria com o seu charmoso sorrisinho de canto: "Ai Bel! Você é besta mesmo!" E há muita irmandade nessa expressão.

Sim, estou feliz em prefaciar este livro. Foi um presente receber essas crônicas, imprimir, ler com um lápis entre os dedos à busca, na verdade à espera de frases que me fariam pensar em pessoas, lugares, sonhos. Lendo-as, me lembrei dos diferentes contextos em que estive com as palavras de Cidinha da Silva ou com ela, em pessoa. Lembrei-me que já havia lido uma mesma crônica – *Uma historinha de São João* – em uma roda de conversa com adolescentes sobre o direito a brincar nas ruas e em um encontro com educadores(as) sobre a responsabilidade da aldeia na proteção de suas crianças. O mesmo se deu com a crônica *Eliana sonha em ser Alice*, utilizada por mim na abertura de um encontro com mulheres e, também, em formação de educadores(as) sociais. Ou seja, as crônicas de Cidinha são bem narradas, aproximam os(as) leitores(as), também os que não leem palavras, vão direto ao ponto, induzem à reflexão, promovem interação. Alguém diria que estas são necessidades exclusivas de adolescentes, jovens ou de adultos?

Certamente há leitores e leitoras deste prefácio que se recordam de quando lhes apresentei Cidinha da Silva em formações sobre Literatura, Direitos Humanos, Mediação de Leitura, Educação para o Afeto e Cuidado. Alguns de vocês já me perguntaram: "Como Cidinha consegue falar com tanta propriedade e lirismo de assuntos tão diversos:

racismo, futebol, violência, música, cinema, HQ, moda, carnaval, tecnologia etc? Como ela faz para navegar com tanta facilidade pelo vocabulário rebuscado, a linguagem juvenil e o mineirês?" Minha resposta foi sempre a mesma: é que Cidinha é escritora "de mão cheia", talentosa, disciplinada, exigente consigo, estudiosa da língua e voraz leitora desde a infância.

As 27 crônicas deste livro envolvem crianças, adolescentes e jovens como narradores(as), personagens principais e sujeitos de suas histórias. Têm como cenário as ruas, as escolas, o espaço íntimo das casas, um estúdio de TV, campos de futebol, a literatura, as palavras. São crônicas que atravessam etapas do desenvolvimento humano: começam com uma menina que nasce e cresce linda; passam pelas vivências na escola, pelo abandono dela e por sua ocupação; dizem de amor, solidão comunicação, deslocamentos, saudade, "tristezas instaladas", consumo, preconceito, racismo, tempo; passam da crítica à perda da inocência; com velas ao mar, entre pedras, suas palavras nos levam *Ao fundo do fim*, que é o começo: a promessa de não envelhecer.

Em *A menina linda,* que dá nome ao livro, o que poderia ser apenas um elogio torto de uma criança "penteada como uma bailarina russa" para sua professora negra, sugere um pouco mais do que o diálogo entre as duas:

"Professora, posso te falar uma coisa?"

"Lógico que sim, querida, conta!" Ela respondeu enquanto se agachava para ouvir a menina, que tocou levemente um de seus *dreads*, curiosa como são as crianças, e confessou:

"Você é muito bonita apesar da sua cor."

A crônica provoca a reflexão sobre a exigência de que mulheres negras sejam sempre guerreiras, transformem cada conflito numa oportunidade de aprendizagem, não percam tempo vivendo suas dores. O diálogo entre a professora mais velha e a professora mais jovem pode ser um jeito para falar de racismo, mas não parece ser esta a preocupação de Cidinha e nem da literatura. Nem uma nem outra pretendem ensinar. Ambas propõem deslocamentos, reflexões de diferentes pontos de vista, ou seja, nos convidam a sentar em uma roda e experimentar mudar de lugar e acessar os sentimentos provocados pelas palavras ditas e pelos silêncios.

Uma historinha de São João tem como abre-alas os versos de Luiz Gonzaga e José Fernandes: Olha pro céu, meu amor, vê como ele está lindo, olha praquele balão multicor, como no céu vai sumindo [...] e "um sorriso de troca de dentes" de uma garotinha de 9 anos. Traz ainda as indagações do coração sudestino de Cidinha sobre os significados do São João para os do Nordeste. Com gosto musical aguçado, apreciadora do cancioneiro popular brasileiro, é comum em suas crônicas encontrarmos referências musicais que aumentam o lirismo dos textos.

A crônica *Histórias da vó Dita* é uma visita à infância. Fala de um tempo em que a leitura de Monteiro Lobato, ausente de crítica, divertia. A narradora compartilha seu itinerário leitor infantil, ladrilhado por HQs. Ao compartilhar percepções sobre características das personagens, Cidinha apresenta subsídios e reflexões sobre o papel da crítica literária na formação de leitores(as) e valoriza as HQs enquanto gênero literário, evitando o olhar hierárquico que perdurou até recentemente em espaços de formação.

Na crônica *A coleção de dicionários de capa dura na estante,* há muito de Cidinha. Desde pequena, ela conta, fazia festa para os livros e tem gratidão à mãe por ter feito alguns sacrifícios por esta alegria. No texto, a autora explica como eram feitas as vendas de livros porta a porta: "O acerto é feito com um pequeno carnê, em 12 prestações. Sem carteira de identidade, CPF ou comprovante de renda, nem original, nem xerox, só a palavra, a dignidade de pobre e o endereço fixo para o vendedor buscar o valor do mês ou cobrar se houvesse atraso".

A "vida curta", característica das crônicas, conhecidas por abordarem situações corriqueiras, é mitigada no teclado de Cidinha. Algumas de suas crônicas são uma viagem no tempo, no espaço, nas histórias. *A vida por um telefone* retoma o gesto simples de telefonar, de usar o telefone em sua função primeira: falar com as pessoas. Já em *Vida de condutor*, dois irmãos na janela repetem o aceno para um trem de carga. Peso e leveza se opõem e se completam nas frases escritas e nos silêncios escolhidos/acolhidos por Cidinha. Talvez por sua consistente formação como historiadora, suas crônicas parecem ter sete vidas, como os gatos, desde que não encontrem pela frente Seu Benzoildo de *Carnes Frescas e afins*.

No artigo *A vida ao rés-do-chão* (1980, p. 89), o crítico literário Antonio Candido escreve que "a crônica está sempre ajudando a estabelecer ou restabelecer a dimensão das coisas e das pessoas. Em lugar de oferecer um cenário excelso, numa revoada de adjetivos e períodos candentes, pega o miúdo e mostra nele uma grandeza, uma beleza ou uma singularidade insuspeitadas". Cidinha da Silva faz isso com maestria: Em *Honoris Causa,* restabelece a figura da avó, que, vivendo em uma comunidade com baixo letramento, era conhecida como Doutora Mundinha, uma vez que ajudava a vizinhança fazendo listas de compras no mercado. Em *Cenas da Colônia Africana em Porto Alegre: As lavadeiras* o tratamento se repete: faz uma "femenagem" às lavadeiras ao descrever cuidadosa e poeticamente este ofício.

Suas crônicas devolvem a importância a vidas negras que passariam invisibilizadas. Você, adolescente/jovem poderá verificar o que lhes escrevo, ao conhecer essas pessoas e olhar para elas de outras formas. Em *Balotelli, rei de Irê*, Cidinha apresenta um jogador de futebol negro que desenvolveu sua arte em territórios europeus e aborda o tema racismo de forma sensível e incomum: ao falar de Balotelli, de origem ganense, adotado por uma família italiana, toca em não-ditos ao se/nos perguntar: "Como seria a sua vida ao enfrentar o racismo italiano no seio de uma família negro-africana? Seria diferente?" Há outras crônicas abordando futebol: em *O Santo*, o rei Reinaldo é invocado de forma divertida, para falar de outras dores.

Aprendi com Cidinha da Silva, em *E foi por ela que o galo cocorocó*, que a poluição sonora da cidade tem provocado em passarinhos a troca do dia pela noite, fazendo-os cantar no silêncio da madrugada. Com habilidade literária, a autora nos distrai com uma série de informações e, antes, que a crônica acabe, sua insônia sacode nossa dormência, como em *O novo normal* sobre o pós-pandemia da Covid-19.

Várias crônicas abordam a autonomia, como *A ocupação das escolas em São Paulo vira documentário,* sobre a mobilização juvenil de estudantes secundaristas que pularam os muros das escolas não para fugir, mas de fora para dentro, pela defesa do direito a uma educação com sentido. Vemos outra forma de autonomia em *Como o jazz*, sobre as aproximações de um jovem que compra exemplares de todos os livros de uma autora durante um evento e passa a frequentar os eventos seguintes, apresentando-a à namorada e a amigos(as). O texto é curto, mas suscita a interrogação: em um país em que se afirma, quase que pejorativamente, que os jovens não leem, quais mistérios envolveriam os movimentos do rapaz? Vejo esse fenômeno acontecer com jovens mediadores/as de leitura de bibliotecas comunitárias: quem conhece os escritos de Cidinha da Silva não os guarda para si, quer espalhar para mais gente. O domínio que ela tem da linguagem juvenil surpreende os próprios jovens. Já vi, em alguns textos de Cidinha, meninos funkeiros e rappers sentirem-se vingados. A vingança de Cidinha também é a deles/as.

Para finalizar, devo dizer que você tem em mãos um livro para carregar na bolsa, na mochila; ler no trem, no ônibus, na sala de aula, no intervalo, na fila de espera, em casa; sozinho ou em clubes de leitura. Trata-se de uma leitura agradabilíssima! Isso não significa que se trata de leitura fácil. As crônicas de Cidinha são exigentes. Não subestimam o(a) leitor(a) iniciante ou o já iniciado. Elas pedem conhecimentos prévios ou curiosidade e gosto pela pesquisa. Em sua diversidade de temas, promove a autonomia do leitor e da leitora com assuntos que não envelhecem. É livro para ser adotado pelas escolas como paradidático, usado nos estudos contemporâneos de várias áreas, no estudo de crônicas.

Tomara que chegue em todas as bibliotecas públicas, escolares e comunitárias do Brasil! E que seja um bom parceiro para qualquer hora, mesmo naquelas em "que o desamor nos desfaça em lama, tal qual montanha ferida durante o dilúvio". A leitura dessas crônicas são um respiro seguido de suspiros. Ah! Estamos vivos! Estamos vivas! Estamos (vi)vendo! Obrigada, Cidinha da Silva!

Bel Santos-Mayer
Educadora Social, Gestora de
Bibliotecas Comunitárias

A MENINA LINDA

para Débora Marçal

Era daquelas meninas bonitas desde o berçário de recém-nascidos. À medida que foi crescendo, tornou-se menina linda, mulher linda. Todo mundo pasmava, reconhecia e elogiava. Ela se acostumou a ser bonita desde pequena e acolhia os elogios com naturalidade e simpatia.

Um dia formou-se professora de Artes e foi estagiar em uma escola pública. No primeiro dia de aula, não cabia em si de alegria. Teria como orientadora uma professora negra muito boa de diálogo e um montão de crianças negras e mestiças, mais umas tantas crianças brancas na turma.

Ao final do turno, as mais afetivas foram beijá-la e ela retribuía o carinho pensando consigo que se empenharia para que todos os dias fossem únicos e mágicos como aquele.

A última criança da fila, uma menina vivaz, penteada como bailarina russa, perguntou baixinho: "Professora, posso te falar uma coisa?" "Lógico que sim, querida, conta!" – ela respondeu enquanto se agachava para ouvir a menina, que tocou levemente um de seus *dreads*, curiosa, como são as crianças e confessou: "Você é muito bonita, apesar da sua cor."

Um balde de chumbo caiu sobre sua cabeça. O sorriso desapareceu, uma ruga tomou conta da testa e ela só não desabou no buraco aberto no chão porque a professora titular se aproximou tocando o ombro da criança e desfocando a cena. Disse entre serena e triste: "A professora já ouviu, Ruth. Pode ir. Até amanhã."

Por que tem que ser assim? Por que a felicidade da mulher negra precisa ser guerreira, sempre? "Não tem que ser, minha irmã". "Não tem que ser o quê?" – ela pergunta quase chorando à professora mais experiente. "Não precisa ser guerreira na sala de aula, aqui você é professora." "Você lê pensamentos? Como sabia que eu estava pensando exatamente isso?". "A vida, minha menina. A vida". "Mas como não precisa? Você ouviu o que a Ruth me disse?". "Sim, como não ouviria?"

"Eu estava tão animada. Agora preciso transformar o incidente em situação pedagógica, mudar todo o meu planejamento." "Não precisa." "Precisa, sim."

"Estou dizendo que não. Só se você quiser, se tiver forças para isso. Se não quiser, continue seu planejamento. Haverá um momento não doído para você em que será possível conversar com a Ruth e com a turma. Sem que ela se sinta exposta, de uma forma que ela possa ser tocada para a transformação. Quer um conselho? Continue linda e seja um ótimo exemplo para essa meninada. Com calma, você achará um jeito de incluir essa história no curso de uma atividade e potencializá-la para que a turma cresça. São crianças! Elas têm tempo e você também."

CENAS DA COLÔNIA AFRICANA EM PORTO ALEGRE – AS LAVADEIRAS

Quando o pessoal se instalou na Ramiro Barcelos e suas travessas, ali não tinha saneamento. Ninguém queria. Sobrou para os pretos. Foi com a valorização dos terrenos da Colônia que os negros foram expulsos de lá.

Ali, na rua Fabrício Pilar, onde hoje tem uma casa de religião, tinha uma bica e umas trinta, quarenta tinas para lavar roupa. O Monte Serrat era um bairro de lavadeiras e as mulheres da minha família exerciam o ofício.

Eram trouxas e mais trouxas de roupa. Tudo anotado pela mãe em cadernos velhos, sobras do ano letivo dos filhos, com aquelas garatujas de mulher pouco letrada. Ela tomava nota de quanto recebia por semana, da quantidade de sabão enviada pelas patroas, do estoque de anil, as datas dos pagamentos. Creio que ela não teve aula de caligrafia, mas desenhava as letras como se tivesse sido a primeira aluna da classe. O M maiúsculo começava como um caracol. O H era tão ornamentado que mais parecia a cadeira de um rei. O C abria a boca para engolir o mundo. Ela escrevia e afastava o caderno das vistas para contemplar a obra de arte.

Para a lavagem da roupa, não havia detergente ou sabão em pó, só era usado o sabão grosso, em barra, que a mãe partia com a faca, ou em quadro, que já vinha cortado da mercearia em retângulos de dez centímetros por sete.

A mãe conferia o rol. Sentava num banco com as pernas abertas, a trouxa de roupa suja espalhada pelo chão e a folha de caderno com a letra da patroa no joelho. Ia conferindo peça por peça, para não ser acusada de ter sumido aquilo que nunca viera. Volta e meia, ela reclamava de gente porca. A mãe tinha regras de contrato verbal com as patroas, uma delas é que não lavava calçolas, muito menos toalhas higiênicas. E era necessário dizer, porque do contrário elas mandavam até sangue menstrual para as lavadeiras.

Separadas roupas brancas e roupas de cor, as peças brancas eram fervidas e depois ensaboadas numa tina de madeira cheia de água. Antes de mergulhar a roupa na tina, a mãe tinha conferido onde estavam os picos de sujeira, de suor, as manchas. As peças todas eram bem esfregadas, mas nesses pontos ela caprichava.

A roupa branca ia para o quaradouro. Passava umas horas descansando ao sol para clarear, enquanto eram borrifadas com água. Normalmente ficavam no quaradouro o tempo necessário ao preparo de outra leva nos rituais de selecionar, ferver, ensaboar e esfregar.

É certo que as roupas das patroas de anos a mãe já conhecia como a palma da própria mão, e misturava e separava sem medo de contundi-las. Roupa não podia secar no quaradouro. A umidade era fundamental para impedir o surgimento dos vergões amarelados.

Os quaradouros eram quadrados de madeira, feitos com pauzinhos. Dentro do quadrado tinha grama ou areia grossa, tipo areião de praia, tábuas ou pedras, para as roupas não tocarem o chão. Depois de quaradas, as peças eram levadas à outra tina, enxaguadas e torcidas até a água ficar limpa e cristalina, também sem cheiro de sabão. Só quando a água estivesse assim, a roupa estava pronta para secar ao vento, no varal.

A mãe não me ensinou nada disso, eu aprendi vendo, ouvindo, acompanhando e até lavando pequenezas, ceroulas, meias e lenços. Morria de nojo e me perguntava por que a mãe não as tratava como às calçolas. Eu ia bem na escola, tinha esperança de futuro, jeito para professora, para advogada. A mãe sabia.

Eu andava de bonde, sozinha, carregando a roupa que a vó e a mãe lavavam. Levava a trouxa de roupa na cabeça, segurando com uma mão, porque não tinha a destreza da mãe para equilibrá-la sozinha. Devia ter uns 10 anos. Entregava a trouxa para as patroas e ficava de pé, esperando elas conferirem o rol: três ceroulas; três camisas brancas; dois lençóis e dois cobre-leitos brancos, de casal; três lençóis e três cobre-leitos listrados, de solteiro; sete fronhas; uma toalha de mesa verde-água, grande; cinco lenços de mão, e seguia a lista. Olhava para o teto, olhava para as cadeiras, para os pés da portuguesa, sempre com aquele chinelo felpudo, no verão ou no inverno, enquanto esperava o término da conferência. Em anos e anos de entrega de roupas, nunca faltou nada.

Concluído aquele ritual, ela apalpava uma por uma as quatro peras e as quatro maçãs que ficavam na fruteira sobre a mesa. Escolhia uma e me dava. Eu agradecia, comia mais tarde, saboreando pedacinho por pedacinho. A mesma cena se repetia uma vez por semana, às quartas-feiras, depois da aula. Um dia me dei conta de que ela escolhia a fruta mais feia ou machucada para me oferecer. Passei a deixá-la na parada do bonde, à espera dos pombos.

UMA HISTORINHA DE SÃO JOÃO

Olha pro céu, meu amor, vê como ele está lindo, olha praquele balão multicor, como no céu vai sumindo (...)

Saí para comprar tempero e voltar logo ao preparo das postas de peixe que me aguardavam pegando gosto no limão. Passou por mim uma garotinha de uns nove anos e, de cima da bicicleta, abriu um sorriso de quem troca dentes. A senhorita simpatia me pegou tão de surpresa que não retribuí ao riso de pronto. Ela pedalou uns metros na direção contrária à minha e depois voltou, sorrindo de novo. Tirou um papelzinho do bolso, estendeu para me dar e disse baixinho "Feliz São João"!

Tocada pela esponteinidade do gesto, peguei o papel singelo. Sorri. Agradeci. Disse que o desenho do pequeno balão era lindo (em verde e rosa, ainda por cima) e guardei-o no bolso. Meu coração sudestino entendeu, naquele momento, que a gente urbana do lado de baixo do país não tem ideia do que seja o São João para o povo do lado de cima. É uma festa da alma. São rezas, profanidades, comilança e espírito de solidariedade.

Na vendinha, procurei uma caneta bonita para dar de presente à garota, mas não havia. Comprei então umas balas pra'quele anjo-erê. Dei uma olhada na rua e a encontrei encostada em sua bicicletinha, observando os jogadores de vôlei. A seu lado, um guardião, pretendente a namorado, primo ou irmão, não sei. O caso é que me dirigi a ela e disse: posso lhe dar uma coisa também? Ela sorriu um sorriso enorme, de quem tinha os dois dentões da frente empare lhados com caninos ainda de leite, e pegou as balas. É lógico que eu tinha um segundo punhado de balas na outra mão e tratei de oferecê-las ao guardião, que, desconfiado, aceitou.

Um rapagão do vôlei ficou olhando para ver do que se tratava. Um distinto senhor assentado na varanda da casa, em frente da qual tudo se passava, também. Vi que eles cuidavam da cena, e estavam certíssimos, mas não liguei para as atenções deles. Afinal, nada de mal acontecia.

Era só nossa cumplicidade à luz do dia, para quem quisesse ver.

BALOTELLI, REI DE IRÊ

Mario Balotelli foi o primeiro jogador negro da história italiana a marcar gol com a camisa da seleção. Alguns cronistas esportivos europeus o consideraram em 2013 um dos dez melhores jogadores em atividade.

Era menino ainda, tinha 22 anos, mas o corpanzil atlético, o rosto marcado por expressão forte, desafiadora e dolorida a um só tempo, o envelhecem. Mesmo quando sorri, aparentemente descontraído, o olhar triste e distante permanece.

Para onde olhará Balotelli?

Para dentro, penso, para a história dura de abandono familiar. Filho de pais conhecidos, migrantes africanos originários de Gana, nascido Barwuah, em Palermo, tornou-se Mário Balotelli ao ser adotado por uma família italiana que já tinha três filhos. Dois dos irmãos mais velhos, percebendo sua destreza com a bola, encaminharam-no para o mundo profissional do futebol.

Dentro do peito, ainda, todas as sensações de descender de africanos num dos países mais racistas da Europa, acolhido por uma família branca que parece tê-lo amado, oferecendo-lhe conforto material que os pais negros não poderiam lhe proporcionar, talvez nem pudessem alimentá-lo. Balotelli parece entendê-los. O jogador investe dinheiro no bem-estar de comunidades negras carentes na Itália e em África.

Quem seria Barwuah, se os pais o tivessem criado? Como seria sua vida ao enfrentar o racismo italiano no seio de uma família negro-africana? Teria se transformado naquele que é Balotelli? Barwua fora abandonado por desamor, descaso, ou por desespero? Por medo dos pais de que o filho morresse de fome e frio, como outros bebês migrantes morrem todos os dias e noites? São as perguntas que leio em seu semblante amargurado.

Do lado de fora, Balotelli vê o requinte cruel da discriminação racial praticada (impunemente) pelos torcedores do Internazionale que exibem uma banana inflável de cerca de 60 centímetros, bem madura, para não haver dúvidas de que se trata de uma banana. Nada diferente do que ele tem visto ao longo da vida.

Por fora Balotelli não se abala, olha duro, impávido. Não chora como chorou na derrota italiana na Eurocopa. Ali, ele não derrama sangue dos olhos. Seus pais são de Gana. Ele é soberano de Irê. É Baloferro!

HISTÓRIAS DA VÓ DITA

Adoro ler histórias em quadrinhos. Acho mesmo que meu gosto pela literatura foi despertado por elas e por Monteiro Lobato. Nos dois casos, os olhos da crítica se juntaram aos olhos da diversão, anos depois de terminada a adolescência.

De Monteiro Lobato eu gostava das histórias do reino das águas claras, da sapiência do Visconde de Sabugosa. O Tio Barnabé também era querido, o "pai joão" do Sítio. A Cuca e o Saci eram charmosos. O rinoceronte, o Rabicó e outros bichos, nominados e falantes, me enchiam de alegria e incentivavam minha própria criação de histórias. Da Emília, não tenho grandes lembranças, mas sei que ela me irritava. Talvez pela excessiva prepotência, pelo jeito desdenhoso de tratar a Tia Anastácia.

Nos quadrinhos eu me lançava e lia tudo o que caísse em minhas mãos. Disney, Recruta Zero, Luluzinha, Mafalda, Mulher Maravilha, Homem Aranha e os outros heróis Marvel. A Turma do Pererê, Riquinho, A Pantera Cor de Rosa, Zé Colmeia, Falcão, o herói negro que tinha vida própria ao lado do Capitão América. Devo confessar constrangida que lia também Tarzan e Fantasma.

Quando surgiram os heróis tecnológicos, X-Men e uma infinidade de outros, eu já tinha conhecido Machado de Assis e Lima Barreto e esses novos quadrinhos não me encantaram como os anteriores. Ainda menos os Mangás, heróis do terror psicológico japonês, publicados no Brasil dos anos 90.

Lia também todas as publicações do Maurício de Sousa. Quando descobri o Horácio, foi amor à primeira vista. Aqueles olhos tristes, a reflexão sobre a existência e as questões centrais para a vida dele: o abandono, a solidão, a solidariedade, a busca de um amor e de amigos. É pena que o Maurício produza tão poucas histórias do Horácio, meu queridíssimo pequeno dinossauro.

Acompanhei com alegria a publicação de Pelezinho, revista do Maurício que homenageava o Rei Pelé, cuja maioria dos personagens era negra. Comprei até a quarta ou quinta edição e durante muitos anos guardei o primeiro volume como uma relíquia. Depois os olhos da crítica entraram em ação e passei a achar estranho que todos os personagens negros do autor estivessem confinados àquela publicação.

Por continuar acompanhando o trabalho do Maurício é que aplaudi em 2005 a criação de mais dois personagens muito simpáticos: Dorinha, uma deficiente visual, e Da Roda, um cadeirante. No final desse mesmo ano fui à banca de jornais para sapear os quadrinhos novos – costumam sair coletâneas das melhores histórias e sempre tenho a esperança de encontrar algo do Horácio. Aliás, está na hora, pois a única coletânea do verdinho saiu em 1993. Como não havia a surpresa esperada, me interessei por um volume do Chico Bento, composto pelas melhores histórias da vó Dita, a avó dele. Uma velhinha carinhosa e sábia, mas durona quando necessário.

Nem mesmo no início da leitura consegui me divertir, pois, de cara, na primeira história, aparecem 10 silhuetas identificáveis de meninos que oferecem dotes à menina rica, personagem central e objeto do desejo deles, e não há sequer um negro. Coitado do Juninho, que se acha tão galante. Na segunda, a mesma coisa. O Chico queima a língua com o café espumante da vó Dita e sofre uma série de contratempos até chegar ao hospital. À mercê da falta de sorte ele empurra a Rosinha – eterna namorada – para uma poça de lama e ainda lhe mostra a língua, que por estar queimada não se continha dentro da boca. Ela acha que é deboche e está armada a confusão. Aparecem o frei, dois médicos e uma enfermeira. Todos brancos.

A quinta história, intitulada "mentir não é fácil", acompanha a vida do Tertuliano, um mentiroso contumaz. Além dele, branco, tem o Astolfo, professor e amigo da família. Aparecem também diversos colegas de escola do Tertuliano numa sequência de três quadrinhos. Todos os figurantes são brancos. Ora bolas, por que não existem negros nem entre os personagens indiretamente envolvidos na trama central?

Contei as histórias: 25. Contei as essencialmente familiares: 12. Considerei como tais, aquelas em que além da família do Chico, figuram apenas os personagens clássicos de sua turma: o Nhô Lau, a Rosinha, o Zé Lelé, a professora da escola, o Frei e mais dois ou três coadjuvantes. Nessas relevei a ausência de qualquer personagem negro, pois, na gênese, o núcleo familiar do Chico é branco. Mas não pude deixar de reparar que em três das 25 histórias aparecem personagens orientais. Pareceu-me então que há preocupação em representar determinado tipo de diversidade ou pelo menos retratar certo tipo de rosto comum na paisagem rural de São Paulo. Mas será que existem mais orientais do que negros no interior do Estado e por isso eles merecem algum destaque?

Para não dizer que os negros não aparecem, lá pela nona história, "o homem que enganou o diabo", há um negro como personagem principal

– o diabão, o coisa-ruim. Na história 12 aparece o segundo personagem negro da revista, o lobisomem. Há também o Saci (genuinamente negro), a Mula-sem-cabeça (cinza) e o Curupira (afro-indígena).

Quando pensei que já tinha visto tudo em termos de ausência do negro ou presença desqualificada, a história 16, "quando o violeiro toca", me estarreceu. Nos rostos bem visíveis da multidão que assiste ao primeiro show do violeiro (branco), cerca de 10 pessoas podem ser identificadas e apenas uma não é branca. Dentre a multidão que ouve o violeiro criança tocar, há 14 rostos bem definidos, todos brancos. Em outra multidão que assiste ao segundo show do violeiro adulto, contei 9 rostos nítidos, todos brancos. Jarbas, o segurança, é branco. Há 6 fãs que correm tresloucadas atrás do galã. Todas brancas. Um dia aparece o cramunhão (diabo) para cobrar a dívida do pacto firmado para que o violeiro se tornasse um exímio tocador. Não se pode dizer que ele é negro, mas é uma silhueta escura. O violeiro foge pela janela e quem o ampara? A enorme e protetora mão branca de Deus. Uma mão muito interessante, pois tem unhas grandes, podendo ser de uma Deusa.

Naquela altura me cansei. Deixei a revista de lado e só consegui retomar a leitura, que continuou frustrante, depois de alguns dias. Quando contei este meu périplo dos quadrinhos em sala de aula, para uma turma de professoras, uma delas comentou que para publicar as histórias da Mônica na China, o Maurício teve de fazê-la parar de bater no Cebolinha com o seu inseparável coelho azul. Por motivos óbvios, não é? A mulher-menina naquela sociedade não pode ser incentivada a bater, deve continuar apanhando.

Qual será a pedra de toque para que o Maurício inclua personagens negros nas suas histórias em quadrinhos no Brasil? Talvez o sucesso de Ronaldinho Gaúcho entre as crianças.

A COLEÇÃO DE DICIONÁRIOS DE CAPA DURA NA ESTANTE

O vendedor de porta a porta é o substituto do mascate nas periferias das cidades. A diferença é que em sua mala não se encontra mais de tudo. O que temos é a modernidade, a especialização por produto. Se vende livros, por exemplo, tem dicionário, livro de receitas, moldes de costura, bíblia para católico e para evangélico etc.

De porta em porta são oferecidas as obras do Clube do Livro e as novidades gastronômicas. Picantes. Sintéticas. Saudáveis. O lançamento da vez é o Yakult, uma bebida láctea com lactobacilos vivos, boa para os intestinos. Ideal para beber gelado, no café da manhã ou da tarde, antes ou depois de uma atividade física. Não faltam também os tradicionais panos de prato, panelas, jogos de copos e xícaras, calça jeans igual a do pessoal da novela. Artefatos novos, baratos e parcelados.

Toca a campainha e a mãe resmunga antes de atender, era um vendedor de livros. Ela pensa em descartá-lo logo, pois ainda não terminara de pagar a coleção de Educação Moral e Cívica – *Vultos da História Brasileira* – Ana Néri, Marechal Deodoro, Duque de Caxias, Tiradentes... Comprada daquele mesmo vendedor. São quatro volumes: Um verde, outro vermelho, um azul e outro amarelo e mais um fininho de cor desbotada na memória, com pequenas biografias e fotos dos vultos da história brasileira.

Os livros têm duas serventias na família Silva dos Santos: dão o ar de pensamento da casa e são fonte preciosa para as pesquisas escolares dos três filhos. Aos poucos, ela vai cedendo à lábia do vendedor e se interessa. A menina já passou para a 5a série e todo mundo diz que ela é muito inteligente. Ela, a mãe, é semialfabetizada e considera o livro um artigo esquisito, de luxo, que ela se acostumou a ver nas casas das patroas. A menina, esquisita que é, gosta deles, fala com eles, está sempre com eles.

Atendendo ao grito da mãe, ela corre para avaliar a qualidade dos dicionários. Seus olhos brilham. Um Aurélio. Legítimo. De capa dura, em 4 volumes, como aqueles mostrados na biblioteca da televisão. Ela avalia criteriosa, exagera no interesse para sensibilizar a mãe a adquiri-los. Opcevê, capa dura! Nunca teve um livro de capa dura nas mãos. Só vira a Barsa nas estantes dos amigos ricos. Ricos porque tinham uma enciclopédia de capa dura em casa. Olha para a mãe e aprova a compra. Tem vontade de abraçá-la, de dizer que ela é a melhor mãe do mundo, mas já estavam ali há uns 15 minutos e a mãe apressa o vendedor. Havia muita coisa a fazer. Trouxas de roupa suja para lavar e outras tantas de roupa limpa para passar. Encomendas de roupas para coser, doces e salgados para entregar. Flores de pano para bordar, todos os ofícios das mães negras para oficiar.

O acerto é feito com um pequeno carnê, em 12 prestações. Sem carteira de identidade, CPF ou comprovante de renda, nem original, nem xerox, só a palavra, a dignidade de pobre e o endereço fixo para o vendedor buscar o valor do mês ou cobrar se houvesse atraso.

A mãe entra na sala com os quatro dicionários debaixo do braço. Quatro volumes do Aurélio, de capa dura verde-água e um minidicionário, mais fino, um bônus como na coleção de Moral e Cívica. Procura um lugar apropriado no móvel da sala. Ao lado do casal de pretos velhos? Atrás do Buda ou do elefante de bunda virada para o povo? Não, quem sabe debaixo das flores artificiais? Decide deixá-los ao lado dos outros livros, pois assim o volume de pensamento da casa aumentará.

Enquanto retorna ao tanque de roupa suja, pensa que a próxima aquisição literária da residência Silva dos Santos será para si mesma: uma Bíblia e um porta-Bíblia para carregá-la aberta no canto da sala.

Oh... a comida tá pronta. O pai chama a menina já adulta para almoçar. Tem queijo e doce de leite na geladeira, se ocê quiser... Ela pega o prato que o pai lhe oferece e se encaminha para o fogão de lenha tirando cisco dos olhos.

HONORIS CAUSA

Minha avó era chamada de doutora pelos vizinhos. Doutora Mundinha para cima, Doutora Mundinha para baixo. Era solicitação que não acabava mais.

Quando os mercados começaram a se instalar na região, substituindo as vendinhas onde o povo comprava à base de anotações na caderneta, era chique chegar ao local com uma lista de compras, mesmo tendo todas as necessidades decoradas, o dinheiro contado e pouca gente sabendo ler e escrever.

Minha avó era requisitada para escrever as listas e atendia com gosto: Quatro latas de oliu e seis pacotes de banha de porco, para misturar e render o mês todo. Três pacotes de cinco quilos de arrois, dez quilos de fejão. Macarrão, assuca, café, farinha de trigo, farinha de tapioca, farinha de povilo, farinha de mio. Ovos. Duas bisnagas de dentifríço e quatro sabunetes. Dois quilos de musclo para fazer o lombo do batizado da menina. Vó Mundinha ainda ensinava a receita, era só descansar a carne no molho de limão para ficar macia, abrir, temperar, rechear com toicinho, colocar na panela de pressão e deixar cozinhar. O musclo virava lombo.

Vó Mundinha vendia frutas do quintal no carrinho de mão, na porta de casa para não tirar o olho dos pequenos. Benzia quem precisava e pelo ofício não cobrava nada. Dava conselhos também, de graça. Quando via alguém muito lampeiro, sem discernimento, ia logo dizendo "boca acostumada a dizer viva não espera festa". Vó Mundinha era a ponte entre o mundo grande atrás dela e o mundo próprio à sua frente.

GUERREIROS

Contam que naquela época havia os pretos forros que não adotavam para os filhos o sobrenome dos escravizadores. Nem queriam entregá-los aos Santos, a Jesus, aos Passos ou aos Anjos. Por outro lado, também não tinham sobrenome africano que lhes valesse.

Inventaram então um jeito de transformar nome em sobrenome e assim nasceram as famílias Belizário, Felisberto, Juliano, Mariano, Eleutério, Hemetério e tantas outras, batizadas com o nome do patriarca. Estavam criados os brasões dos negros.

CENAS DA COLÔNIA AFRICANA EM PORTO ALEGRE – O CARNAVAL

Morávamos em casas de madeira chamadas chalés. Na frente e nos fundos, havia uma porção de peças. Sorte de quem conseguia uma peça grande na frente. Não tinha torneira dentro de casa, era na rua. Ali, no tanque coletivo, a gente lavava vasilhas e também a roupa. As ruas eram de barro vermelho. As casinhas de paredes brancas, pintadas com cal. Tínhamos de fazer pontezinhas para atravessar as ruas, sobre os valos. Não tinha encanamento de esgoto naquela época.

Em dezembro, começavam os assaltos das escolas de samba às casas dos vizinhos que tinham mais recursos. As apresentações eram na frente das residências, como se fosse um coreto. A turma vinha fantasiada e trazia o estandarte. Os foliões eram recebidos com muita comida e bebida. Antes dos assaltos, já tinham saído as Muambas, um grupo de homens que fazia desfile prévio aos blocos no carnaval, para angariar dinheiro no comércio. Um saía vestido de mulher, outro com a fantasia do ano que passou. Andavam ali pela Oswaldo Aranha, pela Venâncio Aires. Escolhiam um ponto de boa circulação de pessoas, paravam, abriam o pavilhão, dançavam, cantavam, evoluíam e esperavam as moedas.

Seguido tinha movimento, ali. Havia uma escola de samba, No Calor da Rumba, meu broto desfilava lá. De olho nele, eu saía fugida dos meus pais e ia para o meio, dançava. Eles me puxavam as orelhas quando eu chegava em casa. Ardia que só, mas eu dormia feliz por ter saído no samba e por ter visto meu futuro marido. A escola desfilava no bairro, no domingo de carnaval. Meu pai era um dos que recolhia dinheiro para comprar alpargatas, além de papelão para fazer chapéus.

Na frente da escola, desfilava o Remeleixo, aquele que faz as acrobacias hoje, o passista. O guarda do pauzinho cuidava das alas, ia à frente, organizando tudo. Não tinha mulher passista. As moças formavam a segunda ala do bloco, na parte de dentro, protegidas pelos rapazes. Mesmo nos sambas e marchinhas mais animados nos contínhamos. Éramos moças de família. Ninguém queria ser apelidada de Maria Geleia no carnaval.

Meu avô alugava fantasias, de pierrô, colombina, fraque e cartola, para a gente que podia pagar, de fora da Colônia Africana, roupas para os grandes bailes. No primeiro dia de carnaval os blocos apresentavam as marchas, os sambas de enredo da época, no cinema Baltimore, para os componentes dos blocos e das sociedades carnavalescas.

Depois, todos iam para casa se vestir ou fantasiar para participar dos bailes que começavam à meia-noite e iam até de manhã.

O desfile dos blocos e dos corsos de carnaval vinha desde a praça Garibaldi, a Venâncio Aires, passava pelo HPS e seguia por todo o Bom Fim, indo até a Sarmento Leite. Cada bloco desfilava por mais de uma hora porque ia bem devagarzinho. Tinha gente assistindo dos dois lados, batendo palmas.

Os carros paravam de vez em quando para cumprimentar as pessoas que jogavam serpentinas do alto dos sobrados e ficava aquela amarração de fitas coloridas nos carros que se movimentavam espalhando linhas de diferentes cores para todos os lados.

Os blocos ensaiavam nas cavernas. Caverna era assim: uma casa com um pátio. "Vamos à caverna dos Turunas, à caverna dos Prediletos." O pessoal falava assim.

Tinha os blocos cômicos também, com homens vestidos de bebê, de mulher, que desfilavam à tarde, não tinha nada à noite. Você pode pensar hoje que era tudo inocente, mas não era. Os blocos humorísticos faziam muita crítica, principalmente aos políticos. Por isso, o prefeito biônico acabou com eles em 1970.

Quando era pequena, um homem me intrigava, o Zé Ninguém-sabe. Um sapateiro, daqueles de lanterna na testa para trabalhar com pouca iluminação. Viúvo, não tinha filhos. Pouco falava, nunca sorria. Só trabalhava. No carnaval virava o Zé Remeleixo, o homem guardado entre a pancada do martelo e o prego dos sapatos.

E FOI POR ELA QUE O GALO COCOROCÔ

O cronista constata que os passarinhos de São Paulo vêm cantando fora de hora, há algum tempo. Ele cogita que a poluição sonora do grande centro leva as avezinhas a trocarem a noite pelo dia e a cantarem de madrugada, quando certo silêncio se impõe.

A crônica ia bem e eu curtia a leitura, até que o cronista roubou-me a cena do galo. Explico: Eu tinha anotado uma ideia sobre os galos que não cantam mais (pela primeira vez) às 5:00 ou às 4:00 da manhã, como tem sido desde que a biologia dos relógios foi inventada. Tem vários deles cantando entre 2:30 e 3:30, levando vizinhos contrariados a solicitar a execução sumária dos cantores destemperados.

Eu mesma tenho um desses no amanhecer. O bípede levanta a crista às três da matina, canta e não durmo mais. Enquanto me acostumo ao hábito nada saudável do moço, experimentei contar quantas vezes ele cocorocava.

No primeiro dia de atividade insone, aferi 44 cocoriuuuu, com espaçamentos maiores a partir do 15º cacarejo, deixando a falsa impressão de que ele havia se cansado. No segundo dia, contabilizei 17 cacarejos fortes e no terceiro dia, 25 notas galináceas, com pequeno enfraquecimento de tom a partir da 13a cacarejada.

Embora tenha tomado de assalto meu tema, a boa notícia é que o cronista levou-me a especular porque os galos estão acordando mais cedo e nisso, confesso, eu não havia pensado. Acho que é uma chamada. A vida dos nossos está indo embora antes da hora, com a mesma naturalidade de quem olha distraído o reinado de um galo no galinheiro.

ELIANA SONHA EM SER ALICE

Eliana era bonita como um copo-de-leite. Sonhava em ser Alice enquanto vendia balas no sinal. Os motoristas a olhavam surpresos e consternados.

Os pais de Eliana estavam sempre por perto. A mãe cuidando dos dois menores, de 3 e 4 anos, talvez. O pai lavando o vidro dos carros, um olho na filha, outro no rodinho com sabão.

Já tinha vindo até jornalista fazer matéria de TV com Eliana e sua família. O pai, Constantino Zykzyz, era colono em Santa Catarina. Perdera a parceria da terra para o fazendeiro. Foi convidado a ingressar num movimento de trabalhadores rurais sem terra, mas temeu a dureza do dia a dia das ocupações. Juntou a família e preferiu tentar a vida no concreto de São Paulo. Não conseguiu trabalho, pois só sabia plantar. Por sorte, um conhecido lhe indicou um movimento de citadinos sem teto e ele conseguiu um quarto naquela ocupação de prédio no centro da cidade.

Eliana queria estudar. Os pais também queriam que ela estudasse, mas a beleza da menina era fascinante demais e eles foram aconselhados a deixá-la na vitrine da rua à espera da chance de ouro. Mais cedo ou mais tarde passaria alguém da TV por ali e a convidaria para ser modelo infantil, na certa. Era só confiar e perseverar.

Já estão ali há dois anos e nenhum convite veio. Eliana tem 8 anos e ainda não foi à escola. Sabe ler o que a mãe ensinou. O problema maior é que sua pele de copo-de-leite começa a se confundir com a fumaça dos carros e os sinais do tempo da infância perdida aparecem a cada dia. Daqui a pouco, será apenas mais uma menininha do semáforo que sonha em ser Alice.

CARIOCAS DO BREJO

Ói, eu vou contá uma coisa pro'cês, num tem mitidez maior que a do povo de Juiz de Fora. Deus que me perdoe, o Edimilson também, mas eta povim mitido, sô!

Ocê pergunta pra qualquer minino aí na rua: Qual é a capital de Minas Gerais? E a resposta vem quentinha: Belzonte, uai! Mas se der de perguntar pr'um que nasceu e se criou em Juiz de Fora, é bem capaz do infiliz respondê: Rio de Janeiro, meu irmão!

Opcevê um negócio desses. É uma fixação que esse povo tem no Rio de Janeiro que ocê num pó maginá. Praia! Praia! Que graça tem? Um mundão de areia dum lado e um mundão de água do outro. E a muiezada pelada, disfilano peito e bunda! Tá certo que essa parte a gente até comprende, num dêxa de tê um certo atrativo. Mas tirante isso, que mais que tem? Sou muito mais o São Francisco em Pirapora, as cachuêras da Serra do Cipó, de Ouro preto, de Diamantina. Ocê presta atenção numa coisa, um Estado de tanta riqueza e eles com o olhão embatucado pros lado do Rio de Janeiro.

É, mas o belorizontino que é muito do esperto, não dexô por menos e só de pirraça pilidô eles de carioca do brejo. Tomô papudo, num qué sê carioca? Só que ocê tá em Minas Gerais e aqui num tem mar não senhor. Mas tem brejo e sapo que dá gosto.

ESPÓLIO

Caro escritor Paulo Mendes Campos,

Li bela crônica de sua lavra em livro de minha neta. Lá, o senhor rememora os impactos da Revolução de 30 na sua meninice de 8 anos. Eu tinha 12, à época, era um daqueles meninos negros encostados nos muros das boas casas, que estendiam as mãos tímidas quando seu pai distribuía alimentos.

Como o senhor bem disse, fomos desentocados da Barroca, do Barro Preto, do barro sem nome, dos barracos de lama que ficavam na vizinhança da batalha. Chegamos ao bairro da Serra uns rabiscos de gente, sujos, esfarrapados, mãos trêmulas, olhos magoados de pavor e de fome. Éramos mesmo famintos de tudo. O senhor escavou poesia para descrever nossa dor e, sem querer, narrou o início de uma das maiores favelas de Belo Horizonte, coisa que, menino, o senhor não percebeu.

Talvez o senhor gostasse de saber que crescemos junto com a favela. O senhor deve se lembrar que só homens, rapazes e meninos pediam. Era um jeito dos trabalhadores, que haviam perdido tudo, a quem não se garantia nada, de protegerem as esposas, as filhas e outras mulheres da família. Elas, aliás, mantiveram os empregos nas casas das madames nos bairros de baixo da Afonso Pena e assim sobrevivemos.

Acho que o senhor gostaria de saber que nosso destino de Haiti não se realizou. A favela tomou conta, o Cafezal virou Aglomerado da Serra. Discretamente, mantivemos nossas rinhas de galos e, caso o senhor venha assistir, conseguiremos um doze anos para sua degustação. Construímos uma rádio, antigamente perseguida como pirata, mas que, com reconhecimento internacional, tornou-se comunitária, ganhou prêmio da UNESCO e já virou filme. A meninada faz muito samba, rap, funk e criou a Rede de Jovens Negros, Favelados e Universitários. Venha nos visitar! Quem sabe o senhor não desentoca poesia da favela de hoje para suas crônicas.

CARNES FRESCAS E AFINS

Ninguém me tira da cabeça que aquilo era carne de cavalo. Seu Benzoildo nunca inspirou confiança como dono de açougue. Virava e mexia, o pessoal passava mal ao comer a carne dele, digo, do açougue "Carnes Frescas e Afins". Depois de frita, a bicha virava filé de pneu na hora de mastigar. Refogada, espumava e exalava um cheiro de espantar urubu.

Carne de gato não era segredo que ele vendia. Quem tinha bichano no bairro passou a prender em gaiola, amarrar em coleira, para proteger dos facões amolados e das mãos ligeiras de Seu Benzoildo, o gatuno. "Achado não é roubado", defendia-se. Pegava os gatos na rua para alimentar, "deixar gordinhos e passar a faca", a vizinhança completava.

Desenvolveu a tese, assimilada pela população, de que a carne de gato era prima da carne de coelho, portanto, apropriada ao consumo humano. O povo especulava que carne de cachorro também era vendida no estabelecimento.

Como ele matava cada espécie de bicho era tema de churrascos, cervejadas, rodas de truco e samba da moçada. Um dia, Seu Benzoildo diversificou os negócios e abriu, no bairro vizinho, uma revenda de couro de animais para tambores. Dona Ermira visitou a loja, reconheceu o couro do Dirceu, seu gato desaparecido. Comprou a peça, represando as lágrimas. Candidamente solicitou nota fiscal, com especificações detalhadas do produto. Fotografou o couro, juntou fotos do bichano, amealhou testemunhas e perfilou-se no Juizado de Pequenas Causas para dar queixa.

O juiz, para infortúnio de Seu Benzoildo, estava enlutado pelo desaparecimento do Hildo, seu gato, preto como uma pantera. Encolerizou-se, proferiu sentença de fechamento do estabelecimento e intimou Seu Benzoildo a depor. O depoente esperneou, negou as acusações, alegou inocência, perseguição política e simulação de provas. Não adiantou. Começava a derrocada de Seu Benzoildo.

Solerte, o juiz expediu outro mandado. Desta feita, acionou a Vigilância Sanitária para vistoria criteriosa no açougue "Carnes Frescas e Afins". Onde já se viu "afins", bradou o juiz. Vieram da Secretaria homens e mulheres vestidos de branco, com máscaras esquisitíssimas, botas, luvas, pranchetas, vidros para coletar amostras, máquinas fotográficas, um arsenal.

O povo se juntou na porta do açougue, alguém tratou de escrever uns cartazes, reclamando por justiça. Fizeram uma lista enorme com os nomes dos gatos desaparecidos e afixaram no poste. Leram para a rede de TV local, que apareceu por lá. Seu Benzoildo não cria no que via.

Uma técnica mais experimentada examinava as paredes do fundo do açougue com um martelinho e, a cada batida, colava o ouvido para analisar o som produzido. Encontrou o esperado, chamou uma colega de trabalho para conferir. Era mesmo barulho de coisa oca. Sem dificuldade encontraram o fundo falso, forçaram a parede e chegaram ao início do túnel que levou a equipe de sanitaristas a um quarto fétido e mal iluminado, nos subterrâneos do "Carnes Frescas e Afins". Lá depararam com dezenas de peles de gato penduradas em varais, algumas cabeças de cavalo com olhos estatelados suspensas nas paredes. Tíbias e fêmures imensos, provavelmente dos cavalos mortos, amontoados em um canto infestado por moscas e varejeiras. Abriram uma porta menor e encontraram cachorros à espera do desossamento, apenas sem couro, semicongelados.

Os instrumentos usados para matar os bichos, tirar o couro, desossá-los, completavam o cenário de horror. Fotografaram tudo, coletaram amostras e imediatamente ligaram para o juiz: "Olha, Dr. Anacleto, tem infração suficiente para ele envelhecer na cadeia". O mandado de prisão foi imediato. A polícia foi chamada para conter a multidão furiosa que queria depredar o açougue. Alguém mais lúcido conteve a massa, argumentando que, se destruíssem o lugar, ajudariam o açougueiro, pois apagariam as provas. Começaram a chegar advogados, firmas de advocacia, oferecendo-se para mover ações indenizatórias contra Seu Benzoildo. Parecia saguão de aeroporto em dia de acidente aéreo.

Foi assim que o bairro do antigo "Carnes Frescas e Afins" tornou-se um enclave vegetariano na região.

O CASO DA ESCRITORA QUE ESPIONOU EMANOEL ARAÚJO

A primeira vez que vi Emanoel Araújo, ver de ver mesmo, foi numa apresentação do Naná Vasconcelos, no Theatro Municipal de São Paulo. Era domingo de manhã e depois de aplaudirmos o Naná, emocionadas e de pé, Emanoel se postou na porta de entrada, aberta para ele de maneira simplesinha, mas o movimento de chegada daquele senhor elegantíssimo foi triunfal.

Eu tenho sorte de cronista, vocês sabem, e estou sempre bem colocada para explorar (ou inventar) os melhores ângulos da história. Pois bem, naquele dia, sentada na antepenúltima fileira da audiência, bem no canto, pude ver detalhes do posicionamento de Emanoel para a performance.

O Sr. Emanoel Araújo arrumou o chapéu, a fivela do cinto, passou uma mão pelo lado do blazer branco que talvez tivesse alguma ranhura no tecido que só ele perceberia, alinhou a gravata vermelha sobre a camisa branca, estufou o peito, levantou ainda mais a cabeça e deu o primeiro passo com o pé direito para atravessar o longo corredor até Naná que estava ali no palco sorrindo, com uma mão aberta, voltada para o público, e a outra sobre o coração. Emanoel empunhou com as duas mãos um imenso buquê de flores e caminhou até o palco desferindo passos gigantescos e firmes. Entregou as flores a Naná, que nessa altura já havia tirado a mão do coração e estendia as duas para receber as flores. Sorrindo, sempre sorrindo.

Ainda não é o fim da crônica, mas conto a vocês que as flores eram multicoloridas, que Emanoel estava de terno branco e acho que tinha um lenço no bolso do paletó, mas não consigo me lembrar da cor dos sapatos dele. Corta.

Externa em Salvador, na Carlos Gomes, provavelmente num sábado, início da tarde. Avistei

Emanoel Araújo com um casal de gringos e me aproximei. Não me perguntem para que, não foi uma decisão racional, foi algo meio magnético. Eu não sou capaz de abordar ídolos simpáticos e receptivos, não faria com um artista que tinha fama de genioso. E o que eu poderia fazer? "Bom dia, licença, parabéns pelo trabalho"; "tenho muita admiração pelo senhor"; "obrigada por tudo o que o senhor faz pela arte brasileira e pelos artistas negros"?

Eu não tinha nada a dizer, mas algo me atraía para ficar perto dele. Tive então a genial ideia de me esconder para não incomodá-lo e ao mesmo tempo me manter por ali, como quem não quer nada, ouvindo a conversa dele com os estrangeiros. Como não aprendi nada no curso da KGB por correspondência, me camuflei atrás de um poste para vê-lo mostrando coisas da arquitetura dos prédios. Talvez eu quisesse mesmo pescar algum comentário para depois repetir com ares de originalidade.

Emanoel se movimentou com o casal e o próximo poste estava muito longe. Para continuar invisível, resolvi me fazer de turista que também observava o prédio. Parei a uns dois metros deles e acho que Emanoel me viu. Quando ousei mirá-lo, flagrei uma olhadinha de canto de olho em minha direção. Aquele sol de estourar mamona fritava meus dois neurônios e abri o livro que tinha na mão para me disfarçar. Fiquei uns segundos assim escondida com o livro na frente do rosto e quando o escorreguei até o nariz cruzei com os olhos de Emanoel, que tinha os braços cruzados sobre o peito. Baixei o livro até o queixo e balbuciei um pedido de desculpas. Ele gargalhou, feito Exu Caveira.

ME ORIENTE, RAPAZ!

Um amigo, pai pela terceira vez, me comove com o novo ofício. Enquanto aguarda o rompimento da bolsa, nidifica o mundo para acolher o rebento. Tão bonito, isso.

Quem tem pai, sabe a diferença que ele faz na vida; quem não teve, sabe também. Um pai bom nos dá coluna vertebral, nos ensina a ser algo inteiro, firme pela flexibilidade.

Pai orienta, dá o freiriano Sul para a vida. É quem mais ensina pelo exemplo. Neste sentido, é tradicional, primevo, inaugural.

Dois amigos, jovens pais de meninos únicos, referem-se aos filhos como pajezinhos, mestrinhos, babalaozinhos, ou seja, aqueles que cuidam deles, protegem, orientam, repreendem, ensinam pelo exemplo. É bela e tão humana essa masculinidade construída na relação de espelho entre pai e filho.

São admiráveis esses moços que, como o poeta, plantam um ipê amarelo na cabeça do tempo, só para ver o sorriso do filho.

A OCUPAÇÃO DAS ESCOLAS EM SP VIRA DOCUMENTÁRIO

"Razões nós temos. Nós não somos rebeldes sem causa!"

Essa é uma das reflexões feitas pelos jovens secundaristas que ocuparam as escolas públicas estaduais da cidade de São Paulo, no final de 2015, em resistência à autoritária reorganização escolar imposta por Geraldo Alckmin.

Dezenas de moças e rapazes nas escolas e centenas deles nas ruas enfrentaram com galhardia uma Secretaria de Educação inflexível e uma força policial violenta durante 26 dias heroicos, iniciados em 06 de outubro de 2015.

O processo foi registrado pelo cineasta argentino Carlos Pronzato e resultou no documentário "Acabou a paz, isso aqui vai virar o Chile" *(https://goo.gl/ZCMZGN)*, disponível online.

Durante uma hora de duração do filme, o espectador acompanha cenas do movimento estudantil de resistência e desobediência civil que tomou conta de São Paulo, conquistou o Brasil e também a simpatia internacional, além de influenciar movimentos similares em Goiânia e no Rio de Janeiro.

Vozes de sociólogos, educadores, analistas políticos, sindicalistas, representantes de associações estudantis, ativistas políticos, jornalistas independentes que analisaram o movimento, seus vínculos com as manifestações de junho 2013 e desdobramentos também aparecem.

O mais interessante é que o documentarista abriu os ouvidos, principalmente, à voz dos estudantes que discutiam a precariedade do sistema de educação paulista expressa na demissão de professores, superlotação de salas de aula, prédios abandonados, livros e alimentos trancafiados e em processo de deterioração dentro dos prédios escolares.

Pronzato, realizador de "A rebelião dos Pinguins, estudantes chilenos contra o sistema" *(https://goo.gl/LCuGTm)*, de 2007, fez de "Acabou a paz, isso aqui vai virar o Chile", um registro do protagonismo juvenil como personagem central. O movimento dos estudantes é mais destacado do que os indivíduos, as lideranças.

O movimento paulista buscou o governo estadual na tentativa de dialogar antes da ocupação. Enviou abaixo-assinados, conseguiu apoio de vereadores, tentou agendar reuniões, mas nada deu certo. Não foi ouvido. Não foi considerado. Restou apenas a alternativa de ocupar as escolas e as ruas.

O documentário nos mostra a organização política horizontal construída pelos estudantes em cada escola ocupada e a surpresa causada ao governo Alckmin e à polícia militar que os reprimiu de maneira covarde e violenta.

Mostra também o processo de politização de muitos jovens que, antes do movimento de resistência à reorganização das escolas, eram alheios à política, como pode ser percebido em alguns depoimentos. Prova que, ao experimentar essa saudável e consequente rebeldia, essa juventude alimentou o mundo adulto com mais esperança no futuro.

O CABELO DOS MENINOS PRETOS

Algo de funesto acontecia com os cabelos daqueles meninos. Eles simplesmente não cresciam mais. Haveria algum parente do nitrato, comum no feijão dos encarcerados e universitários, presente na comida dos clubes de futebol? Primeiro fora Romarinho, ao transferir-se do Bragantino para o Corinthians. Primeiro mês, segundo, terceiro, e o cabelo não avançava um centímetro. Seis meses e nada, continuava do mesmo tamanho, parecia ter encolhido, até. Deveria ser o contrário, certo? Não dizem que quando se está triste e deprimido o cabelo cai? O garoto estava feliz, fazendo gols decisivos, tornando-se ídolo da torcida. O cabelo deveria crescer.

Depois fora Cortês, vindo do Nova Iguaçu para o todo poderoso São Paulo, numa decisão do Presidente de trazer para o clube rico, "gente que corresse atrás da bola com fome de um prato de feijão". No Olaria, no Bangu, no Nova Iguaçu, times dos subúrbios do Rio, tem muitos meninos com os cabelos estilo Cortês, enrolados no formato parafuso, são uma marca. No Tricolor do Morumbi, o cabelo do menino também parou de crescer: pior, diminuiu a olhos nus.

No quesito diminuição de cabelos, a operação mais drástica dera-se com Wesley, do Palmeiras. Ele, que voltara da Europa com tranças longas, densas e brilhantes, que o deixavam com um aspecto Massai. Depois de longa contusão, voltou à caretice, digo, carequice da época do Santos. É verdade que diziam por aí que o Wesley mudava o cabelo e tatuava o corpo de acordo com modificações fundamentais de vida, mas, mesmo assim, ele parecia não fugir à regra do tratamento "clubístico" e "jornalístico" dado ao cabelo dos meninos pretos.

Os dois maiores Ronaldos da história do futebol brasileiro fornecem material antagônico para estudo das questões capilares relativas às cadeias de aminoácidos espiraladas.

O Fenômeno, achando-se branco, manteve-se careca durante longos anos, advogando que "coisa ruim deveria ser cortada".

O Gaúcho, ainda menino em um dos trotes de boas-vindas à Seleção Brasileira, teve os cabelos cortados enquanto dormia. Um repórter, percebendo a insatisfação do atacante mágico, perguntou: "Então, Ronaldinho, aderiu ao time dos carecas?" Ele, com o jeito tímido, porém assertivo, respondeu: "Bahhh... foi brincadeira dos caras. Eu não gosto de careca, não. Eu gosto do meu cabelo".

Tinga, do Cruzeiro, e Roque Júnior, campeão mundial de 2002, já aposentado, são exemplos dissonantes, como Gaúcho. O primeiro tem os *dreads* mais longos já vistos no futebol brasileiro e mundial. É alvo constante de piadas, descrédito, desrespeito. Tímido e operário em campo, não costuma responder com palavras, apenas mantém a estética.

Roque Júnior tem os *dreads* mais lindos e bem cuidados do mundo futebolístico. Ninguém tira farinha com ele e com o Primeira Camisa, time de futebol que preside. Roque dá os primeiros passos como gestor moderno, preparado para gerir um time e o próprio pós-carreira como atleta de mão firme e consciente do impacto de seus *dreads* no mundinho eurocêntrico do esporte bretão, consolidado e consagrado por atletas negros.

FIZ MINHAS VELAS AO MAR

Engarrafei meu xaveco-mor, lancei-o ao mar, dizia assim: "Ah... se Iemanjá me concedesse a graça, meu encanto, de me tirar do meu rio fundo, de pranto"... Evoquei o doce da Oxum e o inusitado do mar a meu favor. As forças da natureza até que tentaram ajudar, mas você desdenhou das minhas pretensões. Intitulou-se muita luz para pouco túnel, muita areia para meu caminhãozinho.

    Desavergonhada, insisti. Abandonei o assovio em tá, quis o sol. Você chamou de brega a minha canção. Era brega, admito. Mas quanto de emoção esconde uma música brega, bem aplicada na femoral do vivente? Hein, hein? Coração de pedra, esquife gelada!

Eu sonhei com o amor da minha vida, trazido do encontro das águas. Compus um samba de duas notas, as sílabas do seu nome, repetidas na pulsação do meu peito combalido. Você nem piscou os olhos antes de pisar no meu sambinha triste e jogá-lo na lama. Persisti. Desferi o xaveco do botão (eu) que se abre depois do orvalho e se descobre flor, porque o Sol (você) raiou. Bonito, fale a verdade, e original, se a senhora quer saber. Mas nem isso tocou esse músculo desalmado, encolhido entre costelas, inebriado pelas luzes da ribalta.

Tudo conspira a meu desfavor. Você não me enxerga, não percebe meu amor, todos os poemas e todas as gentilezas que faço, todas as flores virtuais que envio. Oh, raios e trovões, nem os santos, nem o Sol, nem o mar, nem as estrelas, nada me vale. E o ceguinho trovador, será que me ajudaria? O que faria para encantá-la? Ele me disse que descreveria o azul. Desentendi. Como seria isso, se ele nunca viu o azul? Ali morava o segredo. O desconhecido você imagina e molda, a seu gosto.

Aceitei o conselho e perguntei a ela o que era o azul. Antes de a incauta desmanchar a interrogação do rosto, dei uma chave de pescoço naquele coração relutante. Expliquei que o azul é a cor da voz de Milton Nascimento cantando Dolores Duran no ouvido, sob a lua cheia, perfumada por uma dama da noite.

    Não deu outra. Ela quis conhecer o azul.

A VIDA POR UM TELEFONEMA

Sensação reconfortante aquela de retornar à pré-história de Alexander Graham Bell, quando o telefone servia para falar e ouvir. O contratante tocou fundo o coração da escritora quando depois de cordiais saudações, disse: "Tenho uma proposta a você para retomada de transmissões de teatro na instituição em que trabalho. Se pudermos falar por telefone, posso te explicar. Não tenho seu número".

Coisa quase inacreditável, alguém que ainda usava o telefone para conversar. Ele não pediu número de Whats, não sugeriu que trocassem áudios, não, eles poderiam conversar por aquele aparelhinho que um dia cumprira aquela função comunicacional simultânea.

O contratante solicitou um número para telefonar, não fizera um inquérito de horários para saber quando poderia ligar para pedir ou dar uma simples informação. Estava certo que era um senhor de mais idade, na casa dos setenta, acostumado à etiqueta do telefone como instrumento de comunicação direta, mas a escritora também encontrava em seu caminho gente dessa mesma geração que propunha o seguinte: "Podemos agendar uma conversa no Google Meet no dia tal? Assim combinamos tudo certinho para a gravação do vídeo. Se puder, por favor, indique o melhor horário".

A escritora, antipática como alguns dizem, foi obrigada a responder: "Sobre essa conversa via sala de vídeo, eu prefiro falar por telefone, pode ser? Não vejo necessidade de usar a tela do computador para isso, evito o máximo que posso, pois nessa pandemia passo horas sem fim em reuniões, aulas, *lives*, etc, e acho que o telefone ainda cumpre seu papel. Posso aguardar seu telefonema no final da manhã do dia tal?"

Talvez a voz de Graham Bell tenha sido ouvida e tenha levado a senhora em questão a responder que sim, poderiam falar por telefone. Ela concordava que ele ainda servia às tratativas de trabalho.

O SANTO

Não tinha rolado jogo, treino, nada, mas a patela resolveu apitar no meio da noite. Como um bandeirinha na marca do impedimento, com a bandeira em riste até que a juíza veja, enfrente a situação e cumpra as regras do jogo.

Era assim, a condromalácia rangia e gemia, diferente de seu jeito habitual e residual, compassivo e resignado. A dona do joelho, contudo, sempre exigente com o corpitcho generoso, desconsiderava os efeitos de dois anos pandêmicos e todos os distúrbios decorrentes, principalmente excesso de quilogramas e sedentarismo, sem qualquer exercício de fortalecimento muscular dirigido.

A dor era novidade, o nível do problema só causava limitação para realizar alguns movimentos, mas doer, não doía, por isso ela não sabia o que fazer. Dorzinha chata, de espantar o sono. Então veio a ideia de recorrer ao Santo, de fazer uma benzeção que afastasse a dor e lhe permitisse dormir.

O laptop, velho companheiro de guerra, descansava ao pé da cama. O time do coração estava em alta, fora campeão depois de 50 anos, notícias sobre ele não faltavam e no bojo do sucesso ressuscitaram o Santo para honrar suas glórias.

Na tela, ela recorreu aos mantras de sempre, as decisões de 1977, 1978, 1979, o Santo em campo, morto ao olhar dos adversários, mas aos olhos de seus fiéis, o adoxado, o renascido, pronto para decidir. A santíssima trindade, o Santo, Cerezo e a torcida, consciente de sua predestinação.

Ver aquele homem jogando bola sempre a fazia chorar, de alegria, de comoção, de dor junto com ele, e não foi diferente naquela madrugada. A força da oração foi tomando conta dela, o mantra, o canto, o manto vocal da torcida. Até que ela se curvou à fé, aquela que faz toda a nação alvinegra torcer contra o vento se a camisa do Galo estiver no varal. E então a oração explodiu em ação lenitiva:

REI, REI, REI, REINALDO É NOSSO REI!

REI, REI, REI, REINALDO É NOSSO REI!

Que ânimo teria uma condromalácia nível um, diante das infiltrações no joelho do Santo e de meniscos arrancados a boticão? Nenhuma!

REI, REI, REI, REINALDO É NOSSO REI!

REI, REI, REI, REINALDO É NOSSO REI!

REI, REI, REI, REINALDO É NOSSO REI!

O NOVO NORMAL

No novo normal, centenas de voos são cancelados no seu país, milhares de voos no mundo, porque as tripulações dos aviões e demais funcionários das companhias áreas estão contaminadas por Covid 19, Influenza ou Flurona.

Você pode também estar num dia de azar, já ter tido Covid, ser um sequelado grave, desses que precisam de aparelho respiratório à noite para não morrer sem ar, estar confinado em casa, mas, mesmo assim, alguém leva para você a gripe maldita ou um coquetel de Influenza + Covid outra vez = Flurona.

No novo normal, depois de todas as extravagâncias, aglomerações, mal uso de máscaras e falta generalizada de cuidados e responsabilidade coletiva nas festas e viagens de final de ano, bate um pânico e a população zera os testes de farmácia.

No novo normal, morros inteiros desmoronam arrastando pessoas e casas, rochas gigantescas se desprendem de maciços que julgávamos inexpugnáveis. Os governos não analisam os riscos geotécnicos, não existem estudos e não são empregadas técnicas para diminuir a imprevisibilidade e as ameaças de grandes distúrbios ambientais.

No novo normal, bombeiros avisam com a potência máxima do gogó, sem sequer autofalantes, que uma certa população deve evacuar uma região porque o rio local subirá 60 metros em poucas horas.

No novo normal, as pessoas saem de casa para viagens e passeios e não sabem se voltam. As ruas de incontáveis cidades brasileiras são rios de lama das mineradoras. As tragédias deixaram de ser extraordinárias, tornaram-se o ordinário recorrente.

COMO O *JAZZ*!

―――――

No dia em que o conheci, o menino comprou todos os meus livros. No outro, levou a namorada linda para me apresentar. Em outro, um amigo, a quem chamou de irmãozão.

Conversa vai, conversa vem, concluí que gostava de meu trabalho, embora nunca tenha emitido uma opinião objetiva.

Ontem, distraidamente, num papo sobre temas diversos e diletantes, ele me disse a coisa mais bela que meu coração poderia escutar: "Seu texto é negro como *jazz*".

Aquilo me deu outra vida, e eu a vivi como o *cello* de Yo-Yo Ma ecoando nas paredes do oco do mundo.

VIDA DE CONDUTOR

Assim somos, meu irmão! Leis de trânsito organizando o caos numa estação central de metrô, em Zagreb ou Nova York. Convergência de linhas, transferência destinos, caminho de muitos lados.

O amor nos domina. Esse trem cuja constância se resume ao ponto de partida (nosso coração incansável) e que nos lança em corrida inútil atrás dele. E nos alegramos como crianças de cidade pequena, a cada vez que avistamos o trem.

E as crianças, como nós dois, acenam as mãos para ele, mesmo sabendo que o minério de ferro, único passageiro do comboio, permanecerá quieto e mudo.

Ocorre conosco, mano, que sem amor não existimos e o coração pesa mais do que o ferro. Persistimos amando, mesmo que o desamor nos desfaça em lama, tal qual montanha ferida durante o dilúvio. Não prescindimos, querido, como crianças, do barulho do trem.

VIDA DE MARISCO

"Não gosto de ver seu olhar triste".

"Não se preocupe, é uma tristeza já instalada".

"Estou tranquila, não me culpo pelo seu estado". Apenas não gosto de te ver triste; mas resolva logo sua vida, não sou marisco para ficar entre a pedra e o mar. Já desci do salto e você fica aí desfilando sobre essa perna-de-pau de dois metros, sem alegria.

E não adianta ficar calada assim na tela, preciso da palavra para te ver.

O FUNDO DO FIM

Disseram que era dia da saudade e quem a sentisse deveria compartilhar. O nó do novelo é que essas campanhas impulsoras do comércio de sentimentos, às vezes, pegam a gente em dia de sol escondido e o coração enfraquecido pode embarcar em canoa furada.

Naquele dia nublado reinavam as lembranças dos que se foram, Jarbas, Bira, Zozó. O primeiro, amigo amado, o segundo, gigante admirado, e o terceiro, um simpático catalizador de amor e jovens talentos, sequiosos de espaço para expressão.

Mas insistiam em buzinar que era dia da saudade e o que eu sentia não era saudade, e sim incômodo a cada vez que alguém marcava os já idos para lerem algo no computador. Era dor de atropelamento pela mecânica dos relacionamentos virtuais. Incompreensão ocidental aos ensinamentos budistas da Senhora dos Ventos sobre a impermanência das coisas, o volátil da vida.

Era a sensação de não saber cortar a própria carne sem comer vidro.

O TEMPO

A menina, pela primeira vez, docemente tomada pelo amor, vira-se para a outra, senhora do seu coração, e confessa: "Você é a música mais doce do meu *ipod*, o *twitte* que mais anseio ver, o jogo mais gostoso do meu aplicativo".

O que sinto por você me varre toda por dentro, é forte como um *rock* do tempo dos nossos pais. Olha, eu nunca pensei que pudesse um dia dizer isso a alguém, mas eu te amo e quero envelhecer com você!"

A outra, comovida responde: "Poxa, gata, é o maior fofo o que vocês está me dizendo, mas não vai dar."

Confusa, a menina apaixonada retruca: "Como assim, não vai dar? Pensei que a gente estivesse dividindo o iphone e ouvindo a mesma música!"

"Acho que até estamos, gata. Só que eu não vou envelhecer."

Este livro foi composto
em papel polen soft 80 g/m2
e impresso em novembro de 2022

Que este livro dure até antes do fim do mundo